歌集
安川沿い

小田好子
Oda
Yoshiko

飯塚書店

歌集　安川沿い＊目次

歌集　安川沿い

Ⅰ

火幻

（一九八九年四月〜二〇〇〇年八月）

潮が満ちくる

はつ夏の風の青さも届けんと音訳奉仕のマイクに向かう

逡巡を断ち切りしごときっぱりと紫陽花青く雨に浮きたつ

純白が純白である不幸せ黄に穢れゆくくちなしの花

田の神の鎮もれるごと水澄みて峡の棚田の日暮れは近き

草ひとつ無き石垣を巡らせて棚田に農の心意気を見る

全力で庭を横切る毛虫ひとつその真剣に殺意削がるる

野を埋めてみなこちら向く向日葵の明るき凝視に慄う八月

木洩れ日の橅林をゆく登山者は水草ゆらす魚に似ている

波をうつすすきの原を見わたして少女は風のかたちと言えり

草陰に潜みし蛇の紋様に尾根の涼風ハタと止まりぬ

辞職決め河口眺むるわが前を風に逆い潮が満ちくる

畳紙

安川に飛来の鴨を夫と見る嫁ぐ日決まりし娘には触れずに

畳紙に嫁ぐ娘の名を墨で書く静かな冬陽差し入る部屋で

鴉の子行きつ戻りつ三羽おり樫の木の間の風の半日

冬鴨ら去りて寂けき川の面に車の影がキラリと光る

新聞に瀬音の歌を一首見て涙にじみ来その清しさに

専業主婦にあれば「仕事をしない人」国勢調査に鬱深まりつ

あたたかきこの世の音に目覚めたり静かにうつつをたたく春雨

嫁ぐ朝家族のカップをていねいに洗う娘は言葉少なく

沿道の欅の梢のやわらぎに芽吹きたしかめアクセルを踏む

団欒の記憶はふかく残りいん媼は童になりて母呼ぶ

「はい」のみの言葉残れる義母《はは》に会い帰り路ひとり紅梅を訪う

霊場を行く

篝火のあかき揺らぎに照らさるる静御前の緩きすり足

麻痺のこる足もて義兄《あに》は先を行く横峰寺の夏蝉しぐれ

あめ湯売る店も閉めありしんとして夕べ間近き雨の岩屋寺

明けやらぬ山裾を抱き石鎚山は嶺あかあかと朝日浴びたり

宿坊の朝餉の膳を運びくる作務衣の僧は少年なりき

摩尼寺の三百余段を義兄《あに》の杖修行のごとく楽しむごとく

重文の観音菩薩おわすとう古寺の土塀青葉に埋もる

音読の今に聞こゆる心地して火灯窓白き閑谷学校

柚子の香を恋う妹の老い初めてともにつましく行く冬の旅

「富海《とのみ》」とう鄙の駅舎を過ぎてより冬陽を浴びて光る海見ゆ

草の実の豊かにこぼるる枯野より雀ら飛び立つ勝鬨さながら

枯葉焚く煙のかすか漂いて冬に入りゆく山の奥寺

垂直の杉の樹林の森閑に斜めより入る幽かな冬陽

落葉松が時雨の音に降る尾根を見納めとしてゆっくり歩く

薄氷のダム湖にひとすじ陽が射して彼岸此岸の境界おぼろ

応えなく寝たきりの義母《はは》九十歳五十余年を義父《ちち》亡く生きて

目もあけず昼、夜のなきこの義母《はは》の温かき手の脆き爪切る

己が最期のかたちを択ぶすべの無く義母《はは》の白髪ただ撫づるのみ

テールランプ

星の夜の明けやらぬ刻任地へとテールランプは角曲がり行く

単身赴任夫の不在は十年目冬の日差しがわが背を宥む

ひさびさに単身赴任の夫を訪う届きしばかりの歌集も持ちて

夫の手に整えられしこの城にわが履物の定位置さがす

ひとり住む夫の官舎のすみずみに風を入れつつ花の種まく

一客のマイセンカップ置かれいてわれの知らざる夫の日常

二年を霧の流るる高原に住みいる夫は野鳥図鑑持つ

新しき双眼鏡を試し見て少年の顔に名前記す夫

留守宅の中学生の子を言えり課長は酔わずなまり交えて

流るる日のひとつ点景うつくしく双眼鏡に冬鳥あそぶ

心音

分娩室より流されきたる心音を祈る思いに目を閉じて聴く

今まさに生まれんとするあかときを胎児の鼓動速まりきつつ

初孫の誕生知らせる電話終え待合室より見る朝焼けの空

早暁に孫の産声聞きし日を鎮守の杜の石段のぼる

天神の紅梅日和にくるまれてみどりごふわりとあくびをしたり

愛らしき威嚇のさまにみどりごは涙を持ちてママを呼びます

表札にみどりごの名の加わりて娘の小家族ふくらみ初めぬ

おさな子の透きとおる手に若葉映ゆ五月の朝の「むすんでひらいて」

若き日の育児記録の一直線空見ず花見ず子のみ見ていた

アフガンの砂塵にさすらう子供らに毛布かけやる神はいますか

バイオテロ、報復爆撃、男らの殺意なだむる神はいますか

聖堂

眼したの港にゆらぐ灯のさまを母に電話すバンクーバーより

石段に口づけしつつ聖堂に上る信者を朝日がつつむ

店先に鳥を彫りいる老爺いてディスプレイかともケベックの街
キリストの受難描かるる聖堂にステンドグラスは華やかに杳し
世界遺産のうつくしき街を背景に煙を噴くは日本企業とぞ

カメラにも入らぬ高きを仰ぎ見るトーテンポール威厳の面を

ジャスパーのケビンをつつむ黄昏を角誇らかに大鹿が行く

氷河より滴る水のうす青く太古の空の色かと思う

母の銀髪

ゆっくりと鉄橋わたる琴電に母と乗りたりかの春の日を

喜寿母の肩にさくらのつき来たり金毘羅歌舞伎の桟敷席まで

深く深く眠れる顔に横たわるいつもの母を死者というのか

脳動脈瘤破れしときに母の手は小豆の餡を練りておりしと

最後まで柩にかがみ弟はしずかに母の銀髪を撫づ

むせるほど金木犀の香漂いぬ母の葬りより戻りし夕べ

雀らの遊べる陽なかを母といて花談義せしありし日日はも

Ⅱ　明日葉　（二〇〇〇年十月～）

毘沙門天

恵比寿さまは一等席に鎮座して若竹の竿を真直ぐに持てり

山門の奥に笑まえる布袋さまわたしの鬱を寄進しましょう

巻物の重たからんや福禄寿蝉のぬけがらひとつを置いて

信心の気儘あらわに見ゆるとも弁財天に賽銭落とす

毘沙門天に並びましますす吉祥天の鰐口たたけば韻きつつまし

しっとりと杜の息吹きのたちこめて夫婦地蔵は苔をまとえり

樹の下の水引草もそよぐまでせつなき声に法師蝉鳴く

暗闇にプラチナの鐘たたくごと朝を告げくるかなかなの声

街路樹に夏と秋とがすれちがう青松虫の髭のそよげば

埴輪の兵

夕映えは造り酒屋の煙突のかすれたる銘つつみて温き

夜の地震《ない》に双眸みはり倒れたる埴輪の兵のあおざめし状《さま》

山峡の終着駅の駅長の頬まで染めてもみじ照り映ゆ

道を問うゆきずりの吾に柿ひとつ翁はゆったり選り賜いたり

ゆく秋の終わりを告ぐる時雨きて日暮れの早き峡の山宿

念ずれど咲かぬ花のあるものをひたすら走る連敗の馬

われには見えぬ極彩色の魚を描く施設の少女の目は神ならん

出奔の子ら見送りて黒く立つ村の旧家の樅の大樹は

冬鳥の飛来の声の届きしか耳長くして水仙芽吹く

柿色の午後の日差しの山里に道草している少女はわたし

いつよりか冬の木立を好みたり素のままなるを空の広きを

沈黙し落ち葉の道を下りつつ決意を徐徐に固まらせゆく

雪の上に鳥喰う禽の名聞いてくる介護の日日の友は電話に

人麿が妹に別れの袖振りし高角山の時雨に合いぬ

待ち合わせ二分停車の単線の奥はたちまち雪雲に満つ

朽ち果てし女人結界赤門に雪降りつづく夢幻しんしん

青春さらば

前に立つ媼に席を譲り得ずうつむく少女の背後は夕映え

麦わらで祖父の作りし虫かごをひと夏われの大事となせり

虫かごに蛍をこめて幽閉の罪思わざりわれの少女期

夢に出でしガラスの魚のかき消えて始発電車の遠き音する

微熱あればビロードめいてまどろみぬ今日一日の無為をゆるして

マンションの真昼の静寂ひえひえと電子音のみ其処此処に鳴る

文化的近代的とう高層の窓に届かぬ青葉のそよぎ

頑な専業主婦の矜持など捨てよと誘うコンビニ弁当

淑女らのグルメパーティ果てし席皿のパセリは青く目を射る

置きゆきし娘の地図帳に小半時韃靼海峡さがすは楽し

贈らぬと決めてアクセル強く踏む信号は青セント・バレンタインデー

一〇〇〇メートルを一気に泳ぐ白昼の二月青天寂しきまでに

ひといろに野を埋めつくすたんぽぽに畏怖をおぼえぬニセコの黄色

後方羊蹄《シリベシ》山をテラスより見るログハウスに一夜宿りぬ青春さらばと

陽のひかり嫌いよ　でも好き　草陰にうっとり揺るる礼文薄雪草《れぶんうすゆきそう》

摩周湖はスッピンピンに晴れわたり霧の羅《うすもの》かけてもみたく

祖父に似て時代遅れの温みもつビルの陰なる札幌時計台

涼しさを飲む

朝露に光りて揺るる蜘蛛の巣は木の間の道を美《は》しくさえぎる

せせらぎに浸した手もてザック締む呼《い》吸《き》ととのえて笹ヶ峰まで

薄闇を奔る雷雨に叩かれて額ずくさまの全山の笹

ふとわれの立ち止まりたる静寂に駒鳥出で来つ青き藪より

噴煙と見紛うばかり大雪山の雪渓を這い雲湧きあがる

霊気はらみ鎮もる森に太古より立ち尽くすがの巨き白檜曾《しらびそ》

雨霧に森しんかんとつつまれて視界くまなく白檜曾の翳

源流の冷たきしずく手に受けて涼しさを飲むザックおろして

雪解けの水のさばしる渓ふかく山葵の白き花群にあう

奥山に雫する水ふふみ飲み水に酔うたりわが身みずいろ

何合めを下りておらん歩をゆるめ合歓の樹下に水音を聞く

雪原

シベリアの記憶描きし香月泰男画面の隅の空の青さよ

廃村を記す石碑の行間に土着の父祖の無念たちくる

廃村となりて声なき山峡に号泣したのかこの黄落は

遠景のふるさとつねに雪降りて親のなき子の寡黙深みいつ

雪の上に鹿の足跡たどりつつ人も獣と思い登りぬ

振り向けば雪を踏み敷くかんじきのわが足跡は雪原の疵

一頭の足跡凛凛しき雪原を白き風行く光りつつ行く

招福巳

遠ざかりまた近づきて仔猫の声しぐれにまぎれまた遠ざかる

春色の干支の木目込み「招福巳」中吉ほどの舌《べろ》赤く置く

鳥翔ちて雑木林のしずり雪正月朝の光を散らす

ゆったりとお神酒の燗の楽しげに元朝の夫初仕事なり

七草の無くて五草の粥を炊くすずなすずしろ多めに入れて

合わせ酢は目分量なり八十歳の手際よろしき母のばら寿司

友の訃報に動悸やまざる時の間を中学校のチャイム聞こえ来

一粒の梅

命終を見つめて生きる妹に粥を掬いぬその夫の手は

もうすでに完治かなわぬ妹の粥に置かれし一粒の梅

妹の最期見届け帰る道花ふぶき滲む遠まわりの道

逝きし日は母の命日母のもとへ桜並木を行きしや　妹

法名に並べ彫られし俗名の墨痕あたらし　日傘をたたむ

妹の魂よ聞きませ子の声を墓碑の名なぞる蝉のいのちを

耳の奥にみんみん蝉をとまらせて草いきれ濃きふるさとに入る

村落を見わたす寺の古塀を定家かずらの白花めぐる

台風の近づく予報暑き夜を花瓶の水の匂い初めたり

コスモスを背に楽しげな妹の遺影にピンクのコスモス供う

雀色どき

くぐもりて霧の奥より聞こえくるあれは昔を貨車通る音

毀れたるベンチひとつの湿りさえ紅ふかむ廃寺の境内

吾亦紅をかすかに揺らす赤とんぼ秋の時間が濃く流れゆく

風なきに落葉する音やさしかり尖りし心を宥めるように

目つむれば緋のもみじ葉のひとひらが闇に舞いたり母の絵羽織

銀色のすすきの原をうっとりと蛇が渡りぬ風が渡りぬ

清貧の伯父の炊きたるむかご飯分校官舎は遠くにおぼろ

時雨きて雀色どき軒下に赤唐辛子の色深みゆく

結実を冬に選びて輝ける黒鉄黐《くろがねもち》のゆるがぬ聡明

棘のある高貴の薔薇を見てもどり薔薇色の紅茶ゆっくりと飲む

作業所の人の手になるさおり織夕陽がざっくり織り込まれいる

原稿用紙は白紙のままに暮れてゆき秋明菊のひとひらが散る

ででっぽは水を飲みつつわたくしは草を抜きつつ温き沈黙

慰撫よりも眠剤よりもなお欲す秋夜のロゼのひとときの酔い

「モスクワは０度快晴」尖塔の空を思うも深夜のラジオに

午前二時湯を滾らせて見つめおり時が解決するとう時間

決断のときを見つめている夜更け結露はつつと筋を描きぬ

原爆遺跡

「被災時ノート」に民喜の見据えし惨・惨・惨　乱れなき字に惨迫りくる

「無茶苦茶」の被爆の無残の中にいて民喜は見たり青き草草

慰霊碑を見学している児童らの赤白帽が元気に動く

濠水に屈み枝葉をぬらしつつ水飲むさまの被爆のユーカリ

通学の電車に見ていいし原爆ドーム直視をなさず五十年経て今も

ビル群と大樟青葉に囲まれて世界遺産のドームは老いたり

「原爆」は「平和」に替えて訳されるピースメモリアル・ピースモニュメント

「原爆の子の像」に立つ英訳はChildren's Peace Monumentなり

隣国の二万余強制連行被爆者の魂還《こん》りませ亀の背に乗り

蹲る「嵐の中の母子像」の母の背にきて遊ぶ子雀

物体とし積み上げられて焼かれしかいまだ不明の叔母嘉津子十四歳

七万人身元不明の被爆者のおおかたは女性、学徒、老人なりしと

慰霊碑に整列なして「折り鶴」を歌う学童夏のうたごえ

反核の座り込みなす人の前を伏し目に過ぎつ負い目持つごと

安川沿い　―冬―

霜の花に出合いしことも晩年のうつくしきとき川沿いを行く

しろがねの川面賑わう日の出まえ寒気喜ぶ軽鴨、小鴨

川霧につつまれている青鷺の輪郭滲み溶け行くばかり

朝七時年中無休の「三代目国本刃物店」のシャッター上がる

お年玉を賜りたるごと遭遇す冬木に群るる緋連雀らに

一瞬を翡翠の線のよぎりたり枯れ色覆うわが視野のなか

立ち漕ぎの覆面マフラー高校生は凍みる行く手に立ち向かう風

木の下に白き椅子ある小さきカフェ扉を押せば魔女めくママが

スカーレットの赤を装い自転車はフェンスにもたれ空を見ている

きさらぎの雪に清しく溶けるべし見捨てられたる赤き自転車

自販機より明るき声の聞こえくる一方通行朝の「コンニチワ」

青鷺も首を伸ばして見ているぞ空の焚火のような夕焼け

夕空をシルエット濃く鳥が行く千年のちも翔びゆくきっと

雪晴れの空に梢を揺らしつつ詩語交わすごと冬の木立は

冬鴨ら去りて静かな安川の季節をまわす岸の菜の花

沈む陽の光のなかの老い二人手をつなぎ行く長き影曳き

陽気な果実

合掌のかたちに挨拶する人に礼を返しぬ微笑の国で

アユタヤの旧日本人街少年が「シェンエンヤスイヨ」熱く従きくる

南国の水上市場にハウマッチ　深紅の棘もつ陽気な果実

バーツ・ドル・円　何でもありの喧騒に大蛇の皮の束下がりおり

捕虜たちの破れし軍靴を思いつつクワイ河鉄橋徒歩にて渡る

妹も母も見ざりしこの寺院タイ王国の黄金まばゆき

エメラルドの仏陀の笑みと日本の無彩木造仏陀の笑みと

象さんに六〇〇バーツで乗れますよ　どっしどっしと象の列行く

どこでも椰子の畑の続く道チビクロサンボ隠れていそうな

わたくしの知らぬ言葉と風を聴き実りしバナナの不思議な曲がり

常夏の二月の風にジャスミンのふるふる揺るる王宮通り

ピエロの涙

人形をかき抱き眠るおさな子よピエロの涙知りたるごとく

秋色をひと葉ひとひら拾いつつトトロの庭に幼とあそぶ

散る公孫樹ト音記号のようだよと落葉の栞見せておさな子

寒いからお薬のむの　子が問いぬ等圧線の込み合う夜に

日曜にパパとサッカーしたことをまず一番に告げくる五歳

パリパリの一年生は駆け足に帽子も傘も忘れて帰る

笑い声のごとくはじけてよじれたる一年生の葉書の文字は

美《ちゅ》ら海《うみ》

空と海ウルトラマリンの境界線を白き船行くわが幻の

星砂の小さき小さき一粒を探しあてんと非日常をいる

あらん限りの記憶のブルー思いみる川平《かびら》の海のグラデーションに

水牛車に揺られつつ聞くうらうらと海人《うみんちゅ》おじいの〈あさどやゆんた〉

美ら海の絵はがきを出す夏の旅南の島より自分に宛てて

人の死よりやまねこの死は大ニュース島のガイドは白き歯に笑う

厳めしきシーサーおわす瓦屋根指さすわたしに笑ったような

市場前食堂の昼食は本場ものゴーヤチャンプルーの苦味好もし

東野小学校運動会

号令に一年生はガヤガヤと二年は横向き整列楽しげ

満場の声援のなかをゴールまで養護の児童の懸命眩し

赤白の玉の噴水玉入れを一年生は嬉嬉とし遊ぶ

選手リレーを声のかぎりに応援す保護者席みな総立ちになり

泣き虫にありしこの子の走り様少年真っ盛りを真っ赤に走る

のめりつつバトンをつなぎ走りきりしこの子に拍手やったね拍手

閉会の校長先生の話聞く六年生は意思もつ顔に

靴の音

階段を一段飛ばしに上り行く四月の高校生新《さら》のスニーカー

真っ白のリハビリシューズの老婦人葉桜の道を一歩一歩行く

クローバーはくすぐったげに起き上がるあんよの靴に踏まれて春を

外国を見つつ音たて幕末を走りぬけたり龍馬のブーツ

花刺繍の布靴を履き北京より友は戻りぬお買得よと

きっちりと合う靴あらば尾瀬沼の揺るるわたすげまだ視野のうち

磨きこみし夫の遺品の山靴を居間に飾りて五年を友は

つま先を見つめて石段数え行く蝉しぐれ降る毘沙門堂へ

夜の道に靴音響かせ迫りくる「もしもし」ああケイタイに言う

夕暮れの岸に向かえる下駄の音納涼船に風を運び行く

微笑む文字

若き仏師の恋の気配もにおわせて百済観音しなやかな背は

道の辺に座すひらがなの八一の歌碑微笑む文字に白萩揺るる

寺の名を記しし多羅葉たまわりぬ閉門ちかく作務衣の僧に

ひそやかに水引草の瞬ける散策の道竹林に入る

斑鳩の鐘の音聞こえくるような夕焼け色のガイドの名刺

青竹のこすれの響く谷を行く猪の親子に見張りされつつ

山深くたどり着きたる古寺の聖観音と燃ゆる紅葉と

わがうちの信心量らるる心地して観音菩薩の半眼けぶたし

甲冑の置かるる蔵の小窓より自然のギャラリー柿の実が見ゆ

饒舌の夫と寡黙の弟と友より伝授の美酒鍋かこむ

花の雫

財もなく学なく子なく生きて来し被爆者叔母は八十五歳に逝く

聞く人に姉ちゃんの子よと吾を言いしホームの叔母の声太かりき

生前に黄菊白菊厭いたる叔母の祭壇春色が占む

天真爛漫我儘放題は語りぐさ薔薇に埋もるる柩の叔母は

白骨はうすくれないに染まりおり花の雫と聞けば愛しも

叔母の手の差し芽なるとぞカランコエ咲き盛りたり満中陰を

冬の旅小さき画廊に色彩のあふれていたり作業所の人の絵

冬の潮つよく匂える入江にて海鵜の動き点景となる

冬の緑そこのみ繁る花八手身寄りなき叔母病む枯れ庭に

冬の風に剥落すすむモニュメント〈希望〉と読める小学校跡

ジャム用の芸北産を手に取れば林檎はひんやり冬の香のする

盆の正客

胎内に祈りをふっくら膨らませ母になる人樹の下を行く

まっすぐに飛び出しそうな黒き眸《め》の十四歳の自画像デッサン

青紫蘇の料理も今は好みたる受験生君は盆の正客

図書館の静かな午後と窓の樟わたしのなかを生き返るもの

思い出のしっぽのような糸つけて地に転がりしボタンが光る

児童らとカラスノエンドウの笛を吹く見守りおじさん生き生きとして

水槽に囲いて十年ウーパールーパーの生を握れるわれは何者

懐くことなき水槽の生なりき声なきものの死に手を合わす

種もたぬ葡萄の甘さ冷たさがひえひえとわが喉を下る

われの死をわれが見ている夢の中引き潮の小舟にひとり揺るるを

天と海境目のなき水平線の彼方を思う目覚めてしばし

旅先に買い求めたるマグカップナポリの海を両手に包む

安川沿い　―夏―

少年を思わせ立夏の風走る土手のすかんぽ靡かせながら

早朝のウォーキングのわれを見る目あり巣にぎゅうぎゅうの子燕四羽

合歓の花咲く川沿いを通るとき故郷になると思うこの町

青嵐の橋を渡ればブラウスの背《せな》にたっぷり今年の夏が

夏草の繁れる土手に立ちあがる若き炎のような鬼百合

夏草に暗む緑の一隅に名も知らぬ花懸命の赤

沙羅の花鈴の音色に落つるべしのちの無残の代償として

ガレージに自転車数台倒されて少年たちの夏が始まる

日盛りの保育園より聞こえくるプール遊びの声は夏色

通り道の窓辺に飼わるるふくろうがキロンとわたしを見たり　快晴

うしろ歩き、けんけん飛びに立ち話一年生の下校は自在

真夏日のカープグッズの売り場にて手に取るわたし少し元気だ

落ち蝉の亡骸ひとつ手に軽く生の滴り跡形もなく

風景のなかのひとつ死　草色の大蟷螂の骸しずけし

遠き日の生家に続く道ならん夏草刈られ香のたちのぼる

まぼろしの祖《おや》の魂かもなまなまと野に銀色の茅花ゆらめく

秋の日を

断念もすがすがしくて秋の日をアールグレイの香りたのしむ

いつまでも夜景眺むる十五歳背に大人の静けさ見せて

単調は疲労を赤く染めてゆく視界のはてまで曼殊沙華の赤

坂道をわき目もふらず降りる人山羊が見ている翁の顔に

晩秋の日日を静かに閉じてゆく葡萄の充実柿の成熟

石蕗の葉の光沢と黄の花と城郭めぐる道の明るさ

平安朝の貴族に倣う異空間いずまいただし香席につく

てのひらの香炉に頬よせ三息に香《こう》を聴きますささやく香りを

万葉の古歌と香道しめやかに泉山御流《せいせんごりゅう》むらさきの女性《ひと》

丸眼鏡おもわせる文字宇野千代の自筆の表札生家したしも

苔あおき庭に女人の置きしとう砂色の仏頭やや細面

沈黙の罪

砂粒のごとき人名がわれを打つ「九条実現」の意見広告

戦争を知りし人らの「ちょっと待て」若き総理に聞く耳ありや

屋根の上に嘴太一羽は威嚇する小暗く揺るる向かいの森を

アイス舐め夏さんざめく若者ら八月十五日知らぬと訝る

前の戦争記憶に持つ人わずかなり平和にあれば遠し七十年前

道の駅に野草茶などを選びいるこの平安のふと怖ろしく

無関心、怠惰のままに気がつけば世は一色に覆われていん

きのうきょう変わりなく見ゆる土手の草日日を黙黙伸びいるものを

ゆるやかな蛇行のかたちこそよけれ安川沿いをゆっくり歩く

戦病死に父を亡くしし老いふたり世論調査はここに及ばず

沈黙の罪を思えば一粒の砂にあれども声あげるべし

「NO WAR」の人文字一粒にわれもいる市井の隅より立ち上がり来て

がむしゃらに川を渡れる牡鹿を岸の彼岸花真っ直ぐ凝視す

土石流

土石流に息子ともども呑まれたる破壊の愛車撫でさする母

不明者の捜索続きし三週間八木、緑井の泥の夏過ぐ

七十四名の命の無念は土砂のなか無念の嵩に雨降り続く

頂上に水神祀らるる阿武山は豪雨に削られ幾筋も川

一両の三江線の気まま旅雪の山間ゆっくりと行く

廃線の声しきりなり風前の一両電車を小枝がたたく

無人駅のベンチの手作り座布団に座して三行の時刻表見る

無人駅のホームに人の影のなく神楽のポスター鬼の躍動

亡き母の植えおきし柚子の初生りを母に供えぬ二十年経て

病気には縁なき人を装いつつ光る噴水無言に仰ぐ

どの部屋の時計もわずか狂いおりわがアナログのまどろみの日を

牡蠣汁に葱ぶっ切って放り込む浜の女性は働く手もて

火かげんを数字に表すＩＨヒーターわが目わが手は退化していく

やさしき雨

やわらかき日差しにおさな子駆けてゆく駆けること疾うに無きわが前を

下り坂と気づかぬままに通り過ぐ振り向けば花はすでにまぼろし

国道の白線に沿い春一番が楽しげに来る幟おどらせ

春山が滲み出でたる山里に若葉の色の霧雨が降る

雪の日に来たる若木の〈雛あそび〉桃の節句に背伸びするかも

草むらに踏まれし跡の土筆ありやさしき雨に起きあがれ春を

新聞紙に包まれて来し蕗の束藁で無骨にくくられており

鳥が来て風が来て夜の闇がきて青葉のポプラは一本の森

野茨の風にさざめく白き花われを引き寄せわれを拒める

春雷にくちなわ覚めて躁ならん森はかすかにざわめきやまず

少しずつ微熱下がりてゆくような青どんぐりを踏みて登れば

原爆絵画展

祖父の見し被爆の記憶残さんと絵筆をとりぬ十七歳未来《みき》は

喧騒の街より入れば会場の時間が止まる原爆絵画展

生きたまま焼かれし子どもの瞠目を被爆者は証言す声絞り出し

被爆死の人を描ける高校生は「戦争は死者を物に変える」と

八月六日を描きつつ思う平和のこと　高校生は静かに語る

被爆者の記憶の継承に取り組める若き人ありヒロシマの地に

折り鶴の再生紙とう葉書くる鶴の欠片が散りばめられて

軍服の人に従きゆく少年は孫かもしれぬ　夢に覚めたり

霧の中を赤きバイクがよぎり行く父らの「赤紙」ふと思わせて

旧被服支廠全棟保存を訴える若き女性のサイトをひらく

父の筆跡

父の死後三十五年経て賜りし勲章賞状何故なるや
勲八等瑞宝章なる勲章が遺品のなかにカタカタと鳴る

青年のままに逝きたる父の字にわが字似ておりそっくり似ており

戦病死の父の筆跡うすれゆく戦への思いわが子への思い

父の声父の腕を知らぬ吾にすらりと若き写真の水兵

灰白色和綴じの帳の父の字は三十一《みそひと》文字の「病床に拾ふ」

戦争はイコール政治　為政者にいのちを託していると知るべし

政治など他人事なりと思いしが戦争なればわがことなるに

忠魂碑は亡霊のごとく立ちにけり喧騒すでに眠れる夜を

敷きもみじのゆるき坂道のぼるとき鐘の音聞こゆ過去世か現世か

風なきに公孫樹もみじは街灯へ燦燦と散る華の最期を

使いやすき核を開発するという短きニュース手を止めて聞く

墓じまい

集落を見わたす墓地の雪の消え日差し春めく今日墓じまい

骨壺を新しくして墓移す村に生きたる祖先の墓を

親族《うから》みな故郷はなれて生きており捨てたにあらずと言い聞かせつつ

線香に煙る生家の墓の前にわれら黙してしばし見納む

曾祖母に〈ハナ〉の名前の記されてさびしき戸籍ほのか明るむ

新しき墓誌に彫られし三歳五歳百年まえの子らの名を知る

累累と墓石の並ぶ一隅に空を仰げば空は広かり

Ⅲ　あさみどり　（二〇〇〇年九月～）

眩しき日日

すこやかに目覚めたるらしおさな子が階段降りる柔き足音

ライバルの祖父おびやかす独楽持ちて少年ふかく大の字に寝る

前歯二本抜けたる笑顔の夏写真わが家の「俺」さま一年生の

プールサイドに黄ぼうし豆の子行列し水泳教室きょう事始め

通るたびコワクナイヨと泣き虫は鍾馗の面を指さし言えり

「神様はどんな顔」五歳は問う色鉛筆で星を描きつつ

黄揚羽の飛んだ音だよ、おさな子は風のそよぎをわれにささやく

折り紙の金メダルは祖母《おおママ》銀は祖父《おおパパ》五歳が首にかけてくれます

呆としてこころ動かぬ日のわれはみどりご来れば居ずまいただす

十五夜の月に兎の見えぬわれうさぎがいるよと言う子を抱く

部屋隅に忘れ置かれし話す人形《プリモプエル》ふいに声出すサミシイノ

用済みの玩具詰めたる袋より起き上がり小法師のまろき音する

枯れ枝の秘密基地ありき秋の日の十歳のきみと仲間の世界に

風の子が走り行きたり着膨れて佇むわれに手をふりながら

哲久記念館

ようやくに訪問叶いし能登の地の「哲久記念館」松風のなか

秋の陽は色やわらかく故郷の哲久の墨跡いたわるごとく

白髪の遺影の哲久温顔に殺・盗のなき悔恨秘むるとは

弾圧にひるむことなく生きし哲久あぐらのなかの子を詠みしことも

藪椿の花のあふるる荘厳に崖の御仏この地を得たりと

三陸の大津波襲来を知らぬまま摩崖仏の前に春の日なかを

遡る潮の映像に息をのむ旅より戻りテレビの前に

三月の微笑のような陽の中に梅園静けしこころふるさとは

『山』『海』『道』題も画面も簡素にて近寄りがたき魁夷の寡黙

一本の道のみ太く描かれいて削がれし道のまぼろしを見る

霧にとけゆく

図書館も樟の大樹も霧のなか灰色の影霧にとけゆく

オカリナは奏でぬままに色褪せぬ過ぎたる夢を思い出させて

クレーンは自が意思のごと鷹揚に首を伸ばして炎天を吊る

風神の唸り声して竹林は身のおきどころなき狂乱にある

あざやかに水輪を曳きて遡る川鵜一羽は逆光のなか

陽の中に冬の青草ついばめる渡りの鴨は群れてきらめく

白椿庭に明るむ寒の午後喪中の友へ便りしたたむ

ちちははの還りし方の安けしや夕映えのこる空をゆく鳥

引退試合

背番号三番なるを声高くわれに言いしは中一の夏

歓声はグランドに弾け湧きあがる三塁を踏み駆けぬけるたび

ベンチより声を嗄らして「あとひとつ」ピンチの投手に仲間の声援

差し入れに帽子を取りて礼をする日焼けの部員に幼さ見えて

下積みの長きに耐えて流したる汗の多さを母は見てきし

身長の十五センチ伸びたる君はいま部活三年を夏空に終ゆ

渾身の大ヒット放った瞬間の静寂を言う十五歳球児は

甘酒

ぎんなんの殻をくだけばすでに春ふっくりとした春を取り出す

きさらぎの日差しのなかに来て遊ぶ春の木の葉のような目白ら

純白でなきやすらぎの夏椿夕暮れまでをまどかに咲《ひら》く

少しずつ今を失くしてゆく友の文字のうつくし机のメモに

施設入所の友を訪ねし日の夜を籠りて聴きぬ「森の音楽」

校庭に青葉の時間をそよがせし背高ポプラ伐られて寒い

ふるさとの萌えたつ山を越えて行く春の獣の親子のあらん

撫でやれば温き仔猫の涙ぐまし懐く生きもの持たざるわれは

マンホールの金魚ちょうちんのおどけ顔春の曇天汝が払うべし

土の中の鬱を一気に放つごといきなり伸びて咲くアマリリス

はつ夏の瑠璃光寺に立つ旅人のなかに牧水きょうもいるはず

せせらぎに赤き風船流れきてもの言わぬ日の心微笑む

日に幾度行方不明の物さがし言葉をさがし昔をさがす

自分への褒美の甘酒買いに行くａｕペイの使い始めを

ねこじゃらしの生長点はここですと先生の指先に極細の茎

ひといろに染まらず異端にあろうともおのれくっきり白曼殊沙華

ハルヱさんの背

自らの被爆の記憶を詠いまししハルヱさんの歌ことに八月

ハルヱさんの心灼きたる八月六日幽鬼の列が人魂の火が

「生きとったか」灰燼の中に立ち尽くす父の涙を詠いしハルヱさん

若き日は戦争の直中《さなか》のハルヱさん戦は遠くも遠きにあらぬと

最期まで短歌に向かう道しるべ九十三歳ハルヱさんの背は

微熱

友よりのスモモのジャムの薔薇色が微熱の朝の気を立て直す

ひとしずく子は零したと子の母は桜はわが家に咲かず散ったと

やわらかき蓬を摘めばかおりたつ野の香気なり春の生を摘む

草はらに波うつ風の気配する友の便りのスケッチからは

なるようになる楽観を母言いき彼岸桜は彼岸に咲くと

草むらにすっくと白き花一輪古民家カフェより涼しさを見る

ときめきはまだわれにあり古書市の『静かな大地』に引き寄せられて

雪に光る狐の表紙の絵本買うわたしのための『てぶくろを買いに』

本を手に訪ねてみたきトリエステ須賀敦子の歩きし海への道を

日本語を話したいのと乙女子はカナダに暮らし二か月のころ

十三時間時差の向こうの子の声は途切れを知らず深夜一時間

面高の黒きマスクの行き交いて高処をカ、カ、カ、鴉が騒ぐ

ＧｏＴｏのかけ声遠くに聞こえつついつもの暮らし柚子ジャムを煮る

晩秋の柔き光に向山は安堵するごと色褪せてゆく

道の端の棚に置かるる隼人瓜「ご自由にどうぞ」木札のありて

葉を落としすがた清《さや》けく素のままの花桃の木に冬陽がそそぐ

あとがき

子育てを終えて後の三十年、短歌を友にしてきた。公民館の短歌教室が縁で「火幻短歌会」に入会、十年余り所属した。その後、主義主張にこだわらず、詠いたいことを自由に表現しようという、橋本豊子、溝口須賀子両先生が熱い思いで立ち上げられた「明日葉短歌会」創刊に参加して二十年、現在に至っている。

歌集出版には縁がない日々であったが、自分の年齢を思うと、後半生の一部を歌集という目に見えるかたちにまとめるのも、整理のひとつかと考えるようになった。「火幻」と「明日葉」誌に発表した歌と、教室「あさみどり」に提出した歌の中から四四五首を選んだ。歌集として残すものであれば、できるだけ、美しいこと、明るいことに目を向けた歌にしたい。そう願ってまとめた集である。

この時期は、娘たちの卒業、就職、結婚、出産、夫の単身赴任と、変化が多く多忙であったが、皆が大過なくすごせたことは大きな幸運だった。この中で、心に残った出来事をメモのように短歌にしてきた。詠風も定まらず、平凡な身辺の雑詠であることに恥じ入るばかりであるが、これも自分のカラーであり、生活である。

四人の孫たちは私に大きな感動をくれた。成長は私を元気にしてくれた。近くに住み、多少なりともかかわりを持てたことを幸せな時間だったと思う。このことを記憶しておきたいとの思いがあり、孫の歌を多く選んでいる。

歌集出版を決断したのには、もうひとつ亡き父親の存在がある。海軍で病を得たまま二十七歳のとき戦病死した父は、生きたい、という心の叫びを、詩文や短歌として、薬包紙や手帳に数多く書き残していた。一緒に暮らしたことがなく、父親の思い出が何もない私は、それらを通して父を身近に感じていたのである。

年を経るにつれ、しみじみと父を思う。そして、幼時に家族に恵まれなかった私が、成人して家庭を持ち、平穏に過ごしてきたことを報告したい、と思うようになった。

ここ十年来、退職後の夫と朝のひととき、近くの安川のほとりを歩いている。新興住宅地のこのあたりは開発が進み、町の中心を貫く安川沿いは近隣の人達の散歩道になっている。桜並木も遊歩道もないが、水鳥や野鳥、土手の草、周囲の山々に季節を感じ、時には新しい発見や出会いもある。川に沿って伸びる高架のアストラムラインは、車体に真っ赤な広島カープや、紫のサンフレッチェが描かれているものもあり、それも楽しい。朝いちばんのこの時間は心身のリフレッシュになっている大切な時間だ。

安川沿いの道は元気に過ごす一日のスタート地点であり、歌集のタイトルを『安川沿い』にした。

選歌は、師の溝口須賀子先生にお力添えをいただきたかったが、ご病気のためかなわず、やむを得ず自選にした。何よりの心残りである。

溝口須賀子先生には、二十年にわたりたくさんのことを教わりました。何ごとにも消極的な私を引っ張り、背を押してくださいました。このたび歌集をまとめる際にも温かい励ましをいただきました。大きな喜びです。心よりお礼申しあげます。

歌集出版にあたっては、広島県歌人協会の諸先輩方に貴重なご助言と応援をいただきました。おかげさまで出版にこぎつけることが出来ました。本当に有り難うございました。「明日葉短歌会」をはじめ、歌友の皆様との交流はかけがえのないものでした。短歌のみならず、たくさんのご厚意をいただきました。感謝でいっぱいです。

飯塚書店の飯塚行男様はじめ担当してくださった皆様には、手探りの私に数多くのご配慮をいただきました。心より感謝申しあげます。

二〇二一年四月

小田好子

小田 好子（おだ よしこ）

一九四二年　広島市生まれ
一九八九年　「火幻短歌会」入会
二〇〇〇年　「明日葉短歌会」創刊に参加
二〇一二年　広島県歌人協会副会長（2年間）
二〇一五年　「明日葉短歌会」代表（4年間）

歌集『安川沿《やすかわぞ》い』

令和三年六月二〇日　初版第一刷発行

著　者　小田　好子
装　幀　山家　由希
発行者　飯塚　行男
発行所　株式会社 飯塚書店
http://izbooks.co.jp
〒一一二-〇〇〇二
東京都文京区小石川五-一六-四
☎ 〇三（三八一五）三八〇五
FAX 〇三（三八一五）三八一〇

印刷・製本　日本ハイコム株式会社

ISBN978-4-7522-8138-2